세숫대야 물속 풍경

미래시선 133

세숫대야 물속 풍경

· 지은이 | 김옥중
· 펴낸이 | 임종대
· 펴낸곳 | 미래문화사

· 찍은 날 | 2004년 8월 27일
· 펴낸 날 | 2004년 9월 1일

· 등록 번호 | 제3-44호
· 등록 일자 | 1976년 10월 19일
· 주소 | 서울시 용산구 효창동 5-421
· 전화 | 715-4507 / 713-6647
· 팩시밀리 | 713-4805
· E-mail | miraebooks@korea.com
　　　　　mirae715@hanmail.net

ⓒ 2004, 미래문화사
· ISBN | 89-7299-282-8 03810

· 정가 | 6,000원

* 잘못 만들어진 책은 본사나 서점에서 바꾸어 드립니다.
* 저자와 협의하여 인지는 생략합니다.

세숫대야 물속 풍경

김옥중 시조집

미래시선 133

미래문화사

시인의 말

나에게 달은 곧 시와 같다.

어스름 속에 비껴 뜬 초승달에서부터 보름달에 이르기까지 사랑하지 않는 달이 없다. 허공 아닌 곁에 있다면 차 한 잔 사이에 두고 밤새워 가며 이야기라도 나누고 싶다.

가도 가도 끝이 없는 세상에 달이 있다는 게 정신적으로 큰 위안이 된다. 보는 이에 따라 견해 차이가 있겠지만 볼수록 달이야말로 서정적이며 찬란하지 않은가. 이는 달의 깊은 내면 속에 인간이나 자연이나 모두가 순수하면서도 진실된 끈끈한 삶이 깃들어 있기 때문이리라.

내 시조 또한 내 일상에서 늘 보고, 듣고, 느낀 것들을 달이라는 시 속에서 애정 어린 눈으로 좀더 진솔하게 표현하고자 노력해 왔다.

오랜만에 시조 창작이란 멀고 먼 장도에서 코스모스 활짝 핀 간이역을 지나치는 마음으로 시조집을 내게 됐다.

앞으로 단 한 편이라도 사람들의 가슴속에 오래오래 살아 남을 수 있는 시조 창작에 더더욱 정진하겠다.

2004년 초가을
김 옥 중

차례

2·백로 가족

4 · 동충하초

6 · 울산바위

빈 하늘
구름 조각

하얗도록 흘러가고

긴 울가
장미꽃도

빨갛도록 피어 있고

초가을
벌레 소리는

달이 되어 잠겼다.

세숫대야 물속 풍경

해바라기 소묘素描

하늘이 나에게

꽃 한 폭
치시라면

해만 보고 환히 웃는

네 사랑이
너무 좋아

자꾸만 마음을 풀어

당신만을
치고 싶다.

백자의 노래

당신은 달이 되어 피리를 불어 쌓면

차오른 소리결에
꽃들이 피어나고

팔등신
저 두루미도
비상 자꾸 서둔다.

당신은 해가 되어 거문고를 뜯어 쌓면

내 마음 갈대 숲에
물안개가 사라지고

나앉은
한 점 청산이
너울너울 춤을 춘다.

금강초롱꽃

아무리 살펴봐도 불국사의 범종이다

줄기가 종대鐘臺라면 바람은 당목撞木이라

비천상飛天像 무늬 없어도 보랏빛이 곱구나.

독서삼매

어둠이 쫙 깔린 금쪽 같은 시간 앞에

이 밤도 등불 돋고 잠긴 눈을 비벼 가며

북간도 저 바람 속에

동주 서시序詩 듣고 있다.

염전

수차로 퍼 올린 짭짤한 바닷물이

땡볕 불볕 끌어안고
염전 온통 뒹굴더니

순백색
사랑이 되어
삶을 더욱 빛낸다.

수차로 퍼 올린 짭짤한 바닷물이

상사화相思花

그리다
서로 등진
애증의 한 세월이

면앙정俛仰亭 뜨락가에

무더기로
붉게 피어

저 낮달
눈두덩이도
흥건하게
젖는다.

갯벌

바닷물이 물러간 후

난장판이
열린 뻘밭

고동은 고동대로
짱뚱어는 짱뚱어대로

한세상
마냥 즐거워서
장단 없는
춤을 춘다.

설록차

샘물을 길러다가
설록차 우려내어

한 모금 마시나니

죽림칠현
따로 있나

구름도
한가로워서

잠시 세상
잊는다.

물총새

영산강 강둑에 둥지 하나 틀어 놓고

긴 부리 앞장세워
남의 운명
가로채다

철없는
어린 자식들
건사하기 바쁘다.

세숫대야 물속 풍경

빈 하늘
구름 조각

하얗도록 흘러가고

긴 울가
장미꽃도

빨갛도록 피어 있고

초가을
벌레 소리는

달이 되어 잠겼다.

수련

풀빛 같은 정적이 흐르는 연못 속에

바장이는 금붕어가 낮달을 갈닦아

동그란 저 잎새 위로
떠올린 하얀 미소.

오가는 사람마다 눈길 주기 바쁘더니

엊그제 오던 길로 티 없이 가는 섭리

정이야 쌓이고 쌓여
한가슴이 아린다.

풀빛 같은 정적이 흐르는 연못 속에

병실

영랑이
노래 부른
뚝뚝 지던 모란꽃이

병실의 달력 속에

하늘하늘
붉게 피어

그늘진
여인의 눈가에
환한 웃음
맺힌다.

분수

점점이 떠오르다
떨어지는
잔해들이

빛 고운 무지개로
다시금
떠올라서

맥빠진 내 가슴속에
용기되어
치솟는다.

점점이 떠오르다
떨어지는

청포도

세월이
햇살로

갈고닦은 청보석

벌레가
침노할까

종이 봉지 씌웠더니

터질 듯
부푼 알알이

입 안 그득 싱그럽다.

중머릿재 가는 길에

눈길을 헤치며 중머릿재 가는 길에

앙상한
가지마다

때아닌 목련꽃이

한없이
어우러져서
마음 또한 꽃이다.

관룡사 석장승

훤칠한
큰 키에

관음보살 같은 미소

뭉뚝한
주먹코에

불거진 왕방울눈

육중한
저 몸뚱아리에

절 속이 편안하다.

훤칠한

상감청자운학문매병

초벌 군 네 가슴속에 구름 학을 새겨 놓고

관음보살 되뇌면서

가마 지핀
소원 끝에

비취색
꿈을 안아라
한 점 시詩로 섰구나.

쑥

긴
하품
쏟아지는
영산강 언덕바지

열
여섯
경례 누나
꽃바구니 챙긴 날은

저녁상
국그릇 속에
청자 하늘
잠겼다.

까치

수시로
두 손 모아

마을 안녕 빌었건만

앞뒷집
빚만 늘어

대처로 떠나던 날

텅 빈 집
바라다보며

한숨 눈물 짓는다.

민들레

바람은
중신아비

시집 장가 보낸다

큰아들은 산중으로
작은딸은 들판으로

봄이면
그 은혜 잊을까
노란 꽃을 피운다.

동해

흰 종이 한 장을
물속에 드리웠다

꺼내면 푸른 물이

뚝뚝뚝
떨어질 듯

동해는
그런 바다라
항상 봐도 시원하다.

땅투기

어질병 날만하다
투기투기
땅투기

이런 날은 눈을 감고
두견으로
울고 싶어

나무들
긴팔 벌리고
허허 웃고
서 있다.

아내에게

아내여 미안쿠려 수발들다 늙어 가니

꽃 같은 젊음 돌릴 타임머신 없다기에

시 한 수 자아올려서

갑사 댕기 드리니.

청둥지기

몇 되나 나온다고
올벼를 심어 놓고

선친은
물을 길어

퍼붓고 또 퍼붓고

소출所出이
쭉정이일망정

사랑 더욱 깊었다.

망태버섯

넓다란
한세상이
그다지도 싫을까

속이 다 보이는

샛노란
그물 안에

제 몸을
사려 두고서

잠이 든 망태버섯.

가지에
신방 하나

덩그렇게
꾸며 놓고

다정한 눈빛으로
애정 자꾸 가꾸더니

한 가정
다섯 식구가

나래 활짝
펼친다.

백로 가족

백로 가족

가지에
신방 하나

덩그렇게
꾸며 놓고

다정한 눈빛으로
애정 자꾸 가꾸더니

한 가정
다섯 식구가

나래 활짝
펼친다.

고서古書

빛바랜 세월 탓에 고물상도 마구 버려

헌책방
한구석에

볼품없이 너부러졌다

김 교수 눈에 번쩍 띄어
얼싸안고 웃더이다.

홍학

담홍빛 나래 활짝 소대한小大寒을 가리우고

옥죄는 울짱 안을 하늘인 양 서성이며

차라리
귀먹고 눈멀자고
한나절을 되뇌다가.

차오른 원시림 그리움에 춤이 일면

노을 젖은 눈망울엔 콩고 강이 도도한데

목마른
하얀 자유가
가슴속에 펄럭인다.

세 연 정 洗然亭

물속은 흰 구름 목련으로 피어 있고
솟아오른 바윗돌은 세월로 눌러앉아

고산 님 어부사시사가
들릴 듯이 고요롭다.

무욕無慾

엊그제 받아 본
시조집 표지 위에

청단풍 여섯 잎이 현란하게 물이 들어

지리산
저 피아골은
굳이 찾아 무엇하리.

의자에 기대앉아
책갈피 펼쳐 보니

김 시인 노랫소리 빨갛게 무르익어

설악산
저 대청봉은
찾아간들 무엇하리.

배롱나무

송강이 머물다 간 식영정息影亭 서편가에

매끈한 배롱나무
가지마다 꽃등 켜고

솔바람
구름도 불러
사미인곡
읊는다.

겨울 대숲

바람에
흔들리고

함박눈에 짓눌려도

마음 텅텅
비우고

잎은 더욱 푸르러서

절망을
모르고 사는
곧은 삶이 부럽다.

금둔사 홍매화

풍경이
울 적마다 붉게 핀 꽃망울이

가녀린
가지마다 정겹게 둘러앉아

낭랑한
염불 소리에 봄이 간 줄 모른다.

일몰

우지직 불끈 솟은 장엄한 붉은 해가

중천에 높이 떠 어둔 세상 밝히더니

서해에
몸을 씻고서
깊은 잠에 빠진다.

거울

한 보름
굶었을까
창백한 내 얼굴이

닦을수록 맑아지는 동그란 세월 속에

또 하나
내가 네가 되어
나를 보고 서 있다.

웃어도
따라 웃고
울어도 따라 울고

연치年齒 끝 저 은발까지 꼭 닮아 네가 미워

지워도
지울 수 없는
너는 늘상 자화상.

까치의 섣달그믐

서울 강남 터미널
진입로 개천 둑에

둥긋한 우주 하나 허공에 걸어 놓고

하행선
막차 소리에
고향 꿈을 그린다.

갈대 숲

팍팍한 다리 끌며
장불재
찾아가자

새하얀 산자락
새가 찍은 낙관 속에

겨울잠
곱게 타오른
갈대 숲이 보인다.

실국화

가녀린
꽃잎마다

바람결에 춤이 일어

슬그니
다가서면

평화론 북소리가

은은한
향기로움에

벌, 나비로 날고 있다.

파계破戒

아무리 절간 찾아 삭발승 되어 본들

마음이 혼탁한데 부처가 보입니까

참으로 마음 맑으면
극락 절로
보이리.

아무리 절간 찾아 삭발승 되어 본들

무화과

알몸이 부끄러워 잎새 뒤에 숨었다

여름내
땡볕 안고

이저리 뒹굴더니

삽상한
초가을 지나
농염하게 익었다.

알몸이 부끄러워 잎새 뒤에 숨었다

여름내
땡볕 안고

달랑게의 하루

집 밖을
뛰쳐나와
종일 갯벌 노닐다가

밀려오는
파도 소리
겁이 덜컹 나는지

두 눈만
꺼벙꺼벙타
제 집 찾아 쪼르르.

출어

선잠 깬 고동 소리
어부들 깨워 놓고

부산한 비린 삶이

퍼덕이는
선창가에

눈부신
아침 햇살이
닻줄 감아 올린다.

의리

몇 푼에 팔린 신세
주인 원망 하련마는

진도는
고향이라
불원천리 찾아와서

옛 주인
큰 품에 안겨

마냥 울던
진돗개.

야생화

많은 꽃 보았지만 저런 꽃은 처음일세

요염한 자태 두고 운율 겨운 꽃이기에

행여나
명월 황진이의
죽은 넋이 피었을까.

춘궁기

날마다
문전성시
가까스로 자리 잡고

수제비
사발 속에

춘궁기 옛날 생각

눈물만
핑그르르 돌아
한술 뜨다 돌아섰다.

가마골 용소

물무늬
그리면서

찰랑이는 물속에

흐드러진
산꽃들이

제 얼굴 비춰 보다

용소龍沼는
너무 맑아라.

워드프로세서

날렵한 손가락이
글자판을 두드리면

무수한 생각들이
줄줄이
튀어나와

레이저
프린트기 따라
하얀 종이
수놓다.

황소

우직한
눈망울로

청하늘 우러러보며

전라벌
누빈 굽이

닳고 닳아 늙었지만

이제는
경운기 소리에

설 땅마저 잃었다.

사이좋게

보게나 이 사람아 무슨 화가 그리 깊나

조금만
참고 보면

절 속보다 편한 것을

이제나
저제나 하지 말고

마음 텅텅
비우게.

주말여행

기차를
훌쩍 타고

보성 다원茶園 찾았더니

가슴 찡한 서편제에
사물놀이 공연 펼쳐

곁들린
녹차 한 잔에
스트레스가
풀린다.

똑똑똑
또르르르

중몰이
하얀 구슬

똑똑똑
또르르르

소반 위
구르듯이

똑똑똑
또르르르르

허무 자꾸
구른다.

목탁 소리

목탁 소리

똑똑똑
또르르르

중몰이
하얀 구슬

똑똑똑
또르르르

소반 위
구르듯이

똑똑똑
또르르르르

허무 자꾸
구른다.

부부

눈빛만
보고도

서로 마음 통하니

이제는
남남이라

그 누가 이르니

오늘도
다정다감한

원앙새로 노닌다.

샐비어

불길 아닌 불길이
물결처럼 일렁이어

아무리 쥐어짜도

물기 없는
갈증 한 잔

차라리
마실 수만 있다면
낮술로나
취해 볼까.

양심

어젯밤 백자가 뿌려 놓은 저 눈밭을

차아마 밟지 못해
우뚝 서 둘러보니

그 뉘의
양심이란가
파랗게 찍힌 도장.

사람은 천인데 거울보다 맑은 사람

아직도 찾지 못해
울먹이는 바람 소리

그렇군
덩그런 목련木蓮 하늘
우러러볼 이 누굴까.

땅나리

멀쑥한
큰 키에
밋밋한 다리하며

둥긋한 얼굴에

다소곳한
모습하며

두툼한
입술 가장자리
립스틱이
곱구나.

눈밭

깨끗한
학 한 마리
성큼성큼 걸을까

뉘라서 저 눈밭을 성큼성큼 걸을까

구름도
그림자 사려
청하늘에
떴거늘.

황금 연휴

연사흘 황금 연휴 가슴 마구 설렌다

제주도
한라산을

선암사 동백꽃을

이저리
헤아리다가
시집 속에 묻혔다.

난초를 보며

말 없는 수인사 여섯 해를 두고두고

어쩌다
생각나서

금비라도 줄 양이면

속세는
멀고 멀어라
고개 살래 젓는 선비.

매끈한 백자 분에 고고하게 홀로 앉아

꽃대궁
두어 촉을

넌지시 밀어올려

풋풋한
저 은빛 향이
가슴 선뜻 묻어난다.

해

너만큼
고마운 게
이 땅에 또 있을까

지리산
금낭화도
화알짝 피워 놓고

뜨거운
붉은 정열로
한세상 밝히기에.

금관金冠

신들은
들으시오

쩌렁한 그 목소리

상기도
바람 속에

맑게 닦여 묻어난데

빛부신
신라 천년이

달이 되어 떠오른다.

산책

점심을 들고서
산책길에
나선다

오르락
내리락

산길은
꼬불꼬불

못다 푼
긴 시름들이
청솔처럼 풀린다.

백목련

볼수록 화사한 내 얼굴 닮고 싶어

가는 길 멈춰 서서

바라고
또 바라본들

바람이
다가와서는
네 무슨 생불生佛이라고.

불심

자규도 그늘 찾아
한시름
벗어 놓고

솔바람 장단 맞춰
낙도가樂道歌*
질펀하면

부처가 따로 없구나
자규도
부처로세.

* 낙도가:속세를 떠나 불도에 전심하는 즐거움을 노래한 고려 시가詩歌.

연탄

너만큼 헌신적인
물건 또한 있을까

제 몸 온통 불살라
동지섣달
지펴 놓고

흙으로
되돌아서는
달동네의 사랑이여.

붕어빵

어쩌다 붕어가 빵이 되어 팔린다
비릿한 비늘 냄새 날 법도 하지만은
김 씨는 신바람 나서
자꾸 낚아 올린다.

철없던 어린 시절 즐겨 먹던 생각나서
몇 손을 감싸 안고 대문에 들어서니
막내딸 긴 감탄사는
야, 붕어다 붕어다.

놀란 듯 모인 식솔 해맑은 웃음 속에
저마다 한 손씩 입에 물고 한단 말이
모레쯤 공휴일 날은
낚시질을 가잔다.

눈꽃

진달래
꽃만이

꽃다운 꽃이던가

증심사
오르막길

눈꽃 숲 걷다 보면

산새들
꽃다운 꽃은

눈꽃이라 이른다.

산에 오르면

한 주일 쌓인 시름
스트레스 푸는 걸까

노래를
불러 봤다

야호를
질러 봤다

저마다
산에 오르면

훨훨 나는 나비다.

한 주일 쌓인 시름
스트레스 푸는 걸까

군고구마

오치동
삼거리
신호등 건너편에

신경통
질질 끌며
시린 삶을 굽는 걸까

희멀건
굴뚝 연기만
목련처럼 피어난다.

소쇄원瀟灑園

제월당 앉아 보니 신선이 따로 없다

흐르는 구름 불러
박장기 둠직한데

못다 운
가얏고 소리
대숲으로 일렁인다.

제암산 철쭉꽃

배낭을 걸머지고
정상에 올라 보니

연분홍
치마 두른

전라도
새악시가

온 산을
막 불태우며
임을 자꾸 부르네.

등나무

무슨 정
그리 깊어

서로 얽혀 사는가

보랏빛
꽃은 피어

향기 또한 그윽하니

풋풋한
그늘 아래서

정담 한 편 나눈다.

바로잡기

저마다 하는 소리 누가 칸나 심었지

향나무 그늘 치여 보기 흉측 하구만

당장에 확 뽑아내고
숨통 좀 트여 주소.

바로잡기

저마다 하는 소리 누가 칸나 심었지

북소리

모두들 성불하라
선운사 북소리가

석탑도 깨워 놓고
석불도 깨워 놓고

추녀 끝
풍경 소리도
댕그랑 잠을 깬다.

부정 축재

청아한 두루미 뱃속 비워 산다더니

강가에
나앉아

물속만 노려보다

참대가
휘어지도록

피라미를 낚는다.

청아한 두루미 뱃속 비워 산다더니

행복

몸끼리 부딪히고
마음끼리 부딪히고

호호호 웃어 쌓고
하하하 웃어 쌓고

마침내
꽃들이 활짝 핀

궁전 하나
솟는다.

오로지 삶을 위해
두 손발 다 닳도록

일어섰다
넘어졌다

넘어졌다 일어섰다

한평생 그리 살다가 환생하는 동충하초.

동충하초

동충하조冬蟲夏草

오로지 삶을 위해
두 손발 다 닳도록

일어섰다
넘어졌다

넘어졌다 일어섰다

한평생 그리 살다가 환생하는 동충하초.

와불臥佛

흔히 보는 석불이
좌립坐立 중 하나거늘

운주사 석불은 산중에 곧게 누워

스치는
가을 바람이
부처님도 주무시네.

흔히 보는 석불이
좌립坐立 중 하나거늘

매화꽃

섬진강 강둑 따라
활짝 핀
꽃
꽃
꽃
꽃

월하미인 보는 듯
넋을 놓고
감탄타가

시인은
가슴속에다
환을 곱게
치고 있다.

심청가

한잿골
소쩍새가

심청가를 부르다

인당수
푸른 물에

몸 던진 대목에서

쿵더덕
북소리마저

숨을 그만 거둔다.

채석장에서

내 나이 쉰 살을 누가 층층 쌓놨을까

신라적 아사달이
밤낮 사뤄 쌓놨을까

세월만
허허 웃으며
밀물처럼 다가선다.

내 나이 쉰 살을 누가 층층 쌓놨을까

지금은 내 가슴속에

반백에
안경 낀
학점 짠 교수 만나

당신의 하얀 말씀 줄줄이 외웠더니

지금은
내 가슴속에
심장처럼 살아 쉰다.

칸나

운암동 사거리 프린스 호텔 앞에

널찍한 푸른 치마

바람결에
펄렁이며

가을의
맑은 햇살에
제 몸 사룬 꽃이여.

초닷새 낮달마저 소리 없이 내려와서

네 곁에 서고 보면

취한 듯
얼굴 붉고

신호등
걸린 차들도
걸음 멈춰 섰구나.

인과응보

고구마 순 잘라서
두둑에 심어 놓고

잡초도
뽑아 주고
가끔씩 북도 주고

늦가을
벌레 소리에
밑이 굵은
고구마.

정신외과 7병동

거울을
꺼내 들고

제 얼굴
뜯어보다

청춘아
내 청춘아

훌쩍훌쩍
눈물짓는

눈매 곤
저 아가씨는

사랑 앓다
왔을까.

금목서

창가에 우뚝 선
금목서 한 그루

미풍에
실려 오는

향기에 그만 취해

퇴근길
서두르다가
눈길 한 번 더 준다.

리모델링

낡은 집
뚝딱뚝딱

새집으로 둔갑하듯

여든 살
뚝딱뚝딱

스무 살로 둔갑할까

슬프다
냉수나 마시고
순리대로 살아가리.

등대

세월의 눈가에 잔주름이 늘어나도

낮으로는 청맹과니 수평선만 바라보다

밤이면 기지개 켜고
해당화를 피운다.

빙판 위 걷는 지혜 조심조심 일러 줘도

이따금 침몰하는 하늬바람 울음 일어

오늘도 기지개 켜고
해당화를 피운다.

장마철 과수원

뉘 눈물 저리 많아 밤낮으로 흐느낀가

멍이 든 사과 안고 시름 한숨 깊어 간데

멀쑥한
해바라기는
속절없이 피었다.

뉘 눈물 저리 많아 밤낮으로 흐느낀가

홍매화

풍경이 울 적마다

붉게 핀
꽃망울이

가녀린 가지마다

나빈 양
나붓 앉아

금둔사 노승 말씀이

정녕 봄이
왔구려.

풍경이 울 적마다

물안개

물안개
피는 날은

모든 게 아리송해

불빛도
미로든가

곳곳마다
와지끈뚝딱

차라리
숨을 죽이고
올린 닻을 내리자.

제야

독물로 짝을 잃고 슬피 울던 갑천甲川 학이

지난 한 해 탈탈 털며

산을 넘고
강을 건너

마지막
한 잎새처럼
낙조 속을 나는가.

독물로 짝을 잃고 슬피 울던 갑천甲川 학이

우수

선운사
산자락

동백꽃 방긋 웃고

철새들
고향 찾아

북으로 훨훨 날면

서걱타
여윈 갈잎도

핏기 오롯 돋아라.

밥

어쩌다 사람되어
끼니를
걱정한다

한 때는 주린 설음
밀개떡도
고마웠지

요즘은 이밥 보고도
다이어트만
앞세운다.

개발 지구

산까치
보금자리

푸른 숲은 어디 가고

날마다
우뚝우뚝

숨막히는 빌딩이라

이제는
거실에 걸린
청산도靑山圖나 쳐다볼까.

수족관 금붕어

휘황한 조명 아래 금빛으로 치장하고

온종일 꼬리치는 무도장의 물찬 제비

망신살
핀잔을 주어도
눈망울만 번뜩인다.

서정시

초가을 문전에서 흐느끼는 벌레 소리

길섶의 장미꽃이 빨갛게 듣고 있다

긴 가시 갈대펜으로

서정시를 쓰고 있다.

초가을 문전에서 흐느끼는 벌레 소리

동백꽃

잔설을
마다 않고

동백꽃 붉게 피니

낮술에
취한 듯이

창백한
얼굴 붉고

날아든
벌, 나비떼도
탱고가 한창이다.

갈등

채우면
채울수록

비움은 멀어지고

비우면
비울수록

채움은 가까워져

비움과
채움의 갈등 속에

하루해가 저문다.

천지가
진동한다

5

우렁찬 말굽 소리

갈기는
깃발인 양

바람결에 휘날리고

부릅뜬
저 눈망울엔

화랑 관창 어린다.

천마도

천마도天馬圖

천지가
진동한다

우렁찬 말굽 소리

갈기는
깃발인 양

바람결에 휘날리고

부릅뜬
저 눈망울엔
화랑 관창 어린다.

두견새

한낮의 두견새가 윤달 든 음력 팔월

칙칙한 숲에 숨어
목청 한껏 가다듬고

온 산이
멍이 들도록
아쟁처럼 울었다.

녹차

한 모금
마시나니
꽃구름이 피어난다

한 모금 마시나니
시 한 수가 떠오른다

한 모금
또 마시나니
마음속이 청산이다.

디스크

오월이 무르익자 작약 꽃도 필 무렵
내 마음 허공 속에
이름 모를 달이 돋아

바람이 와 속삭인다
허리 아픈 디스크야.

괴괴한 밤낮으로 달은 더욱 높이 돋아
때로는 구름 속에
때로는 숲에 가려

뽐내는 궁수들이
활시위를 당긴다.

마냥 빗나간다 달이 자꾸 비웃는다
궁수 중에 궁수 나서
내가 한 번 쏘아 볼까

근 한 달 보름 만에야
감쪽같이 달이 진다.

명자꽃

수줍게 머금은
붉은 미소
옥구슬

모 둥근 쟁반 위로

또르르
또르르르

눈부신
계명성처럼
이슬 젖어
부시다.

수줍게 머금은
붉은 미소
옥구슬

갯돌

정도리
해안가에
까아만 진주알이

가을밤
뭇별같이
쫙 깔려 뒹구는데

파도는
석수장인가
쉴 새 없이 정질한다.

회상

초겨울 달이 돋자 완자창卍字窓 창호지에

물레 잣던 어머니
한 폭의 그림자가

지금도
삼삼히 떠올라
잠시 눈을
감는다.

초겨울 달이 돋자 완자창卍字窓 창호지에

나도풍란

굵고 긴
수염뿌리
바위에 사려 놓고

흑산도 그리다가
활짝 핀 녹백색 꽃

은은한
향기로움이
십리 밖을 넘나든다.

토란 잎새 위에서는

온종일
오는 비에
토란 잎새 위에서는

눈물 젖은 보석들이

이리 뒹굴
저리 뒹굴

요즈음
유행한다는
힙합 댄스 한창이다.

한잿골

서러운 은빛 눈물 가슴가슴 여울진 날

십리 밖 풍경 소리 들림직한 정적 깨고

차오른
저 한잿골이 산수화로 다가선다.

볼수록 정겨움에 눈빛 들어 우러르면

소리꾼 두견새도 북채 들어 선혈 쏟고

병풍산
긴 그림자는 시가 되어 흐른다.

마음을 비우면

마음의
티끌을
갈대비로 쓸어 내고

마음을
비우면
청산 하나 들어앉아

소쩍새
울음소리도
해금처럼 맑아라.

가로수

정원사
손길 따라
섬짓한 톱날이

미친놈 봉두난발

싹둑싹둑
잘라 내니

스치는
가을 바람이
장가가도
되겠구면.

달맞이꽃

달이
뜬다
달이 뜬다
달맞이 가자꾸나

남들은
밝은 대낮

밝은 세상 좋다지만

나는야
밝은 달밤이
좋고 좋아
못살아.

향일암

억겁을 가부좌로
눌러앉은 바위들이

동해만 우러르다 거북으로 잠을 깨자

향일암
관음보살이

웃음꽃을 피운다.

대관령 더덕북어

밤으론
산바람에

속살이 꽁꽁 얼고

낮으론
봄바람에

속살이 슬슬 녹고

밤낮을
오고가더니

노란 속살 향기롭다.

양동시장

좌판은 선량 노릇
맨땅에 신문 깔고

푸성귀 하나라도

옥인 양
끌어안고

저마다
삽질하듯이
빛날 삶을 일군다.

좌판은 선량 노릇
맨땅에 신문 깔고

금릉 경포대鏡布臺

월출산 천황봉 금릉 계곡 가 보라

경포대는
맑은 거울

바람까지 환히 비쳐

세상에
구겨진 마음
예 와서 펴고 간다.

낙화암

우수수
꽃잎 지듯

백마강에 몸을 던져

고란사
범종 소리

밤낮으로 울어 봐도

전설만
빨갛게 피어

삼천 궁녀 어린다.

선풍기

어둑한 벽장에서 손 놓고 지내다가

시원한 솔바람 밀물처럼 밀려오면

보채던 외손주란 놈 스르르 잠이 드네.

금낭화

어릴 적
그리 곱던

할머니 홍자紅紫 금낭

휘어진
줄기마다

주렁주렁 매달려서

슬그니
열고 보면은

바람 서 푼 들었다.

분재

운치가 좋다고 칙사 대접 받더니

수형을 잡는다고

자르고
얽어매고

그마저
성에 안 차면
화목火木되기 십상이다.

선량한 사람

바람만 불어도 눈물을 흘린 사람

조용히 손을 잡고 눈물 함께 흘릴까

얼굴은
창백하여도
하늘 뜻이 잠겼다.

양귀비꽃

예부터 패가망신
궂은 말만 듣더니

꽃잎은
저리 붉어

바람도 깜짝 놀라

무슨 죄
그리 많다고
꽃마저 미워하랴.

설악산
자존심은

울산바위 그 아닐까

꽃구름
피어나듯

기암 절벽 기가 막혀

멀리서
바라볼수록

영락없는 병풍일세.

울산바위

울산바위

설악산
자존심은

울산바위 그 아닐까

꽃구름
피어나듯

기암 절벽 기가 막혀

멀리서
바라볼수록

영락없는 병풍일세.

모란꽃

고목 같은 등걸에
새순 곱게 돋더니

자줏빛
꽃망울에

향기 비록 적지만

부잣집
맏며느릿감
손색없는 꽃이다.

아는 것도 모른 척

아는 것도 모른 척 눈감을 때 더러 있지

한 길 속 상대방은 그저 좋아 웃어대지만

진실은 일월이 되어 온 세상 비추리라.

서산 마애삼존불상

뉘라서 석불이라
보고도 이를까

복스런
둥근 얼굴

순진무구 저 미소

살아서
걸어 나올 듯
온기마저 감돈다.

추억

낮이면 황소처럼 앞들을 갈아엎고

밤이면 달빛 아래 사각사각 새끼 꼬던

서른 해 전 큰댁 머슴 정섭이가 그립다.

가을 숲 속

스산한 가을 숲 속
잎새 훨훨 털고 나면

성긴 가지 사이로
산새 울음 카랑한데

허우대 좋은 나무들은
생불인 양 말이 없다.

매화꽃차

매화꽃
서너 송이

찻잔 속에 띄워 놓고

시상을
가다듬다

청산으로 나앉으니

뻐꾸기
울음소리에

하늘 문이 열린다.

단풍철 바위마저

이제 그만 일어나게 무슨 낮잠 그리 많아

정이나 미동 없어 품안에 들고 보니

꽃단풍
타는 가을이
풍경화로 걸렸다.

이제 그만 일어나게 무슨 낮잠 그리 많아

환희

목련이 피는 소리

깔깔깔
까르르 까르르

방울새 우는 소리

깔깔깔
까르르 까르르

섬진강 흐르는 소리

깔깔깔
까르르 까르르.

비망록

한 순간 반짝이는 기막힌 한 소절을

잊을까 두려워서 쪽지에 심었더니

뒷날에 일월이 되어

하늘 높이 떠오른다.

한 순간 반짝이는 기막힌 한 소절을

생명 존중

꽃 한 송이 꺾어다
화병에 꽂아 둘까

꽃 한 송이 꺾어다
임에게 보내 줄까

아닐세
제자리 두고 봄이
생명 존중 아니던가.

문풍지

은밀한 방 안 속을 엿보려는 심사일까

뒤틀린 창문가에 박쥐처럼 달라붙어

북풍은 물러섰거라
긴긴 밤이 훈훈하다.

은밀한 방 안 속을 엿보려는 심사일까

바람

살며시
다가와서
다정하게 속삭인다

명예다 부귀다
무에 그리 중요타고

무소유無所有
뜬구름처럼
한평생을 그리 살게.

어느 소녀의 죽음

쇠잔한 불씨 하나 다독이기 석달 열흘

장미빛 부푼 망울 터뜨리지 못해 보고

그늘진 너의 꽃밭에
정작 눈물 떨군다.

비룡폭포*

시원한 물소리 가을 단풍 붉게 탄데

한줄기
물기둥은

용이 승천 하는 걸까

짙푸른 소沼를 바라보니
마음까지 푸르네.

* 비룡폭포 : 설악산 외설악의 토왕골에 있는 폭포.

수업 시간

일월이
높이 뜬

영롱한 눈빛 속에

어둠을
사르는

한 떨기 난등蘭燈*으로

글밭을
일구는 손길

잔물지는 종소리여.

* 난등:아름다운 등롱.

지삿개 주상절리柱狀節理

저게
어디 바위던가

돌꽃이라 부르게나

육각형
돌기둥

성처럼 우뚝 솟아

보는 이
신비로움에
탄성 절로 이는구나.

파초의 월동

짙푸른
잎새로

한여름 시원터니

온몸을
포대로

죄수처럼 묶인 채로

지금쯤
밖의 세상은

눈이라도 내릴까.

백두산 천지

하늘이 내린 서시序詩 천지에 올라 보니

푸른 물에 잠긴 구름 신비롭기 그지없고

가파른 안벽에 둘러싸여 찬바람만 드세다.

호숫가에 뿌리내린 야생화가 곱게 피고

달문 지나 흐른 물은 비룡폭포 이루니

멀리는 저 송화강의 젖줄이 되고 있다.

청동호박

둥글넓적
못생겼다

핀잔 듣기 일쑤지만

턱 괴고
사색하는

로댕의 조각처럼

알몸이
똬리에 얹힌

사려 깊은 철학자다.

작품해설

사물시조의 멋 그리고 단수短首의 맛

노창수
시인 · 문학평론가

사물시조의 멋 그리고 단수短首의 맛

노창수 | 시인·문학평론가

　시조의 구조에서 형식과 내용은 양대 지주라고 할 수 있다. 시조에서 형식이란 어찌 보면 마을의 수호 상징인 솟대와도 같은 것이다. 이 솟대는 마을의 위치를 알리는 관문의 표지이자 오래 전부터 위수衛戍해 온 위용을 알리는 당간의 역할도 한다. 마을 앞 천하대장군과 지하여장군의 자리도 마을의 수호적 기능, 그리고 위치적 정보를 알리는 것이었다. 이처럼 솟대나 장군상이 형식이라면 그 마을에 내려오는 전설, 풍습, 문화, 인정담 같은 것은 사상적 내용이라고 할 수 있다. 한 마을로서 완성된 실재는 이러한 겉모습과 내용을 갖추어야만 가능하듯이 완전한 시조가 되기 위해서는 체계적 형식과 문화적 내용이 알맞게 짜여져 있어야 한다.

　김옥중 시인은 예로 든 위의 형식과 내용이 모두 잘 갖추어진 단형 시조를 즐겨 쓰는 작가이다. 그는 전형적인 시조를 추구하는 깔끔한 시인으로 거의 교과서적인 작품을 생산하고 있다. 그의 작품은 내용적으로 사물시조가 대부분이며 형식적으로 단수인 단시조가 주종을 이룬다. 말하자면 위의 형식과 내용을 조화시켜 간결미와 전통미를 추구하고 있는 것이다. 그가 시도하는 미적 감각 또한 단순미, 순수미, 해학미 등을 특징으로 보인다. 작품 속에 든 정서적 내용이 자연적 섭리에 함부로 거역하지 않으면서도 사물의 특성인 순수미純粹美가 그의 도덕률에 잔잔히 스며 있다. 그의 시조는 한마디로 오랫동안 갈고 다듬은 절제적 시어로 명징明徵한 사물관과 건강한 윤리 의식을 보여 준다. 또한 사물의 내면을 압축하여 보임으로서 그 정신의 지고성至高性에 독자가 편안하고 숙연하게 진입하게 하는 힘도 있다.

　이제 그러한 안목에 바탕을 두고 해설판 위에 우선 다음 작품을 추연해 보기로 한다.

<blockquote>
아무리 살펴봐도 불국사의 범종이다
줄기가 종대라면 바람은 당목이라
비천상 무늬 없어도 보랏빛이 곱구나.
</blockquote>

– <금강초롱꽃> 전문

　이 작품은 단시조 형식에 '금강초롱꽃'을 두고 비장秘藏의 시어인 '범종→당목→보랏빛' 등을 초·중·종장마다 디딤돌처럼 놓아 시적 이미지와 의미를 규칙화하여 공간적으로 연결하고 있다. 그의 '금강초롱꽃'에 대한 관심은 먼 불국사로부터 출발하고 이어서 '범종→당목→보랏빛' 등의 순으로 단계화된 이미지를 구사한다. 또 이의 배열면에서도 미적 거리를 점차 좁혀가고 있음을 보인다. '범종'은 꽃에, 줄기는 '종대'에 의탁하고, 흔들리는 바람은 '당목'으로 연결하여 시적 뼈대를 탄탄히 마련하고

174

있다. 종신鐘身에 새겨진 '비천상飛天像'을 대신하여 금강
초롱꽃이 '보랏빛'으로 곱게 단장하는 미의식美意識을 대
비시키는 면도 특이하다.

　일찍이 '미의 사도'라 불리는 시인 키이츠는 그의 작품
〈Endymion〉에서 "미는 기쁨이며 영원한 기쁨"이라고 했
다. 위의 '금강초롱꽃'은 이러한 미의식적 기쁨을 나타내
는 좋은 보기가 된다. 미의 단계화를 도모하여 결국 화자
의 도착지인 영원한 기쁨으로 결론짓고 있는 것이다.

　앞에서 언급한 바와 같이 김옥중 시인의 작품은 대부분
단수형短首型의 형식에다 내용상으로 사물의 순수성에 화
자의 의지를 담는 특징이 있다. 모름지기 단수 시조란 표
현상 긴박한 이미지, 구성상 단출한 긴밀성, 주제 의식에
대한 짧은 연대감 등을 체계적으로 갖추어야 한다. 이러
한 단수 시조 쓰기를 모범적으로 실천하고 있는 김옥중
시인은 글감으로 동원하는 사물들을 주로 생활 주변의 구
체물에서 구한다.

　이제 그가 모색하고 있는 단수 사물시조에 대하여 그
특징을 잘 드러낸 작품을 중심으로 살펴보고자 한다.

　바닷물이 물러간 후

　난장판이
　열린 뻘밭

　고동은 고동대로
　짱뚱어는 짱뚱어대로

한세상
마냥 즐거워서
장단 없는
춤을 춘다.

- 〈갯벌〉 전문

　썰물이 나아가면 수평선의 갯벌은 제 몸을 바꾸어 지평선으로 화한다. 그때 갯벌은 딴 세상으로 잠겨 간다. 민민한 가슴어리로 작은 생명체들을 안는 넉넉함이 봄 이불처럼 덮어 온다. 갯벌은 그렇게 한가한 때를 위해 비워 놓는 여유를 알고 있다. 군마軍馬와 같은 밀물이 점령해 들어오면 곧 숨어버리는 게, 고동, 고막, 짱뚱어, 낙지 등이 썰물 후 '열린 뻘밭'에서는 그렇듯 제 세상을 맞는다. 그것은 폭풍우의 뒤와 같은 평온이자 열린 한판이다. 비록 '장단은 없지만' 신명나는 춤으로 '한세상'을 '난장판'으로 즐기는 것, 화자는 그 불규칙한 질박함을 단형 시조의 어깨 위에 포용하여 앉히고 있다. 온갖 생물이 활동하는 '난장판'의 춤으로 갯벌이 만끽하는 시간, 그러나 아득한 수평선은 아이의 잠처럼 무심하다. 썰물에 밀려간 적멸寂滅의 정이 자못 은근하다. 모두가 비워내버린 적요의 뻘밭, 아 건너가기에도 가멸차다. 가까운 곳에 눈을 두면 갯벌의 생명체는 쉼없이 꼼지락거린다. 이 생명체들의 춤으로 갯벌의 힘은 파압波壓처럼 강해진다. 여기에 '장단 없는 춤'이라는 낯설게 하기의 표현 기법은 '갯벌'이라는 제목과 어울려 생동감을 더해 준다. 그것은 말하자면 형식미를 더 명료하게 하려는 시인의 복선적 의미도 있다.

176

빈 하늘
구름 조각

하얗도록 흘러가고

긴 울가
장미꽃도

빨갛도록 피어 있고

초가을
벌레 소리는

달이 되어 잠겼다.

─ 〈세숫대야 물속 풍경〉 전문

　달이 이슥한 가을밤 문득 뜰에 나선다. 화자는 우물가
대야로 시선이 머물자 곧 물속을 들여다보게 된다. 거기
엔 ①구름 조각, ②장미꽃, ③벌레 소리들이 수놓듯 번져
있다. 보이는 경치가 곧 시이자 그것을 화자가 사진처럼
찍어내는 것이다. 특히 물속의 벌레 소리를 듣는 ③은 더
그러하다. 이러한 시적 상관물은 보편화된 자연 현상이며
극히 일상적인 감각들이지만, 시적 요소로 파악되는 것은
훨씬 성숙된 감정을 다스려야 가능하다. 세숫대야에 비친
풍경의 모습에서 화자가 느끼는 이면적 의식은 ‘①하얗
도록 흘러가고 ②빨갛도록 피어 있고 ③달이 되어 잠겼

177

다’는 것처럼 보이는 대로 그려진 색상의 투영체로 전환
된다. 이미 벌레 소리마저 ‘달이 되어 잠기도록’ 밤은 깊
다. 화자는 커튼을 젖히듯 창문의 고요를 가르고 홀로 뜨
락에 서게 된다. 그 때 미동도 없는 대야의 물에 반영된
풍경은 쇄락하듯 독자를 인도해 간다.
  예로부터 선조들은 아무리 아름다운 자연이라도 그 아
름다움을 감지할 눈이 없으면 아름답게 볼 수 없는 것이
라고 했다. 시인의 눈은 모름지기 아름다운 눈을 지녀야
한다는 것을 증명해 보이는 작품이다.

　　점점이 떠오르다
　　떨어지는
　　잔해들이

　　빛고운 무지개로
　　다시금
　　떠올라서

　　맥빠진 내 가슴속에
　　용기되어
　　치솟는가.

– 〈분수〉 전문

  분수를 바라보는 시선은 언제나 상쾌하다. 솟아오른 분
수에 도달하는 시선은 그 치솟는 물기둥의 꼭대기에서 잠
깐 멈추기 마련이다. 그 정수리의 물과 함께 ‘떨어지는

잔해'에끼지 미지는 대비적 시선이 분명하다. 사실 누구나 솟아오르는 분수를 보는 동안은 그 움직임에 몰입하게 된다.

철학자 칼 힐티Carl Hilty는 "가장 행복한 시간은 무엇인가에 몰두하고 있을 때"라고 했는데, 바로 시원하게 솟아오르다 낙하하는 분수를 바라보는 시간이 그렇다고 할 수 있을 것이다. 분수에 몰두하는 때가 곧 느낌의 충일감과 상쾌한 행복감을 느끼는 이유에서이다. 물기둥이 솟구쳐 오르는 정점으로 시선을 따라가다가 지치고 맥빠진 일상의 용기를 다시 솟아내기도 한다. 분수의 동적 모티브를 화자의 '용기'로 승화시킨 그래서 긍정하는 삶의 비유가 압권이다.

눈길을 헤치며 중머릿재 가는 길에

앙상한
가지마다

때아닌 목련꽃이

한없이
어우러져서
마음 또한 꽃이다.

– 〈중머릿재 가는 길에〉 전문

겨울 설화雪花, 그것은 시인에게 한 폭의 낭만적 판화로

기억되는 일이다. 이 작품을 읽으면 살아 있는 동양화처럼 눈꽃이 영상의 박힘으로 남는다. 무등산의 '중머릿재 가는 길'을 화자의 느긋한 시선으로 그려간 한 폭의 아름다운 조망도眺望圖이다. 온 산야를 뒤덮은 눈꽃을 '때아닌 목련꽃'에 비유한 대목은 차라리 체득적이기도 하다.

독일의 소설가 헤르만 헤세Hermann Hesse는 "가장 아름다운 것은 항상 만족과 함께 불안을 동반할 때"라고 했는데 화자가 보는 현재의 설화는 곧 녹아서 사라지게 될 운명에 처해 있다. 말하자면 그것은 미적 불안이다. 파괴될 미의 불안은 그래서 눈물겹도록 아름답다. 어쩌면 설화는 가녀린 아름다움의 화신이라고 할만하다. 눈밭을 걸으며 '마음 또한 꽃'이라는 탄식 같은 비약에서 미적 불안감 내지는 미적 긴장감이 더 상승하는 효과를 보인다.

김옥중 시인의 시조에서는 이처럼 긴장감에서 몰입을 엮어내는 미적 불안의 구사가 돋보이는 것이 한 특징으로 자리한다.

불길 아닌 불길이
물결처럼 일렁이어

아무리 쥐어짜도

물기 없는
갈증 한 잔

차라리

마실 수만 있다면
낮술로나
취해 볼까.

- 〈샐비어〉 전문

꽃 무리 가운데서도 작열감灼熱感을 느끼게 하는 것이
샐비어다. 샐비어 군단群團의 요염한 '불길'이 바다의 '물
결처럼 일렁이는' 뜰에 서니, 참을 수 없는 '갈증'이 일어
난다. 모순된 두 상을 충돌시켜 분명하게 이미지를 설정
한 '불길의 물결'이라는 대비적 언어도 이미지의 격층을
높인다. '물기 없는 갈증 한 잔'이란 소진적 표현도 마찬
가지이다. 마지막까지 태워 없앤 꽃, 그를 바라보는 시간
에 마실 수 없는 '낮술'로 마냥 취하고도 싶어진다. 그러
기에 철학자 에머슨Emerson은 "자연은 그것을 보는 사람
의 소유물"이라고 했는지도 모른다. 마시고 싶어하는 새
빨간 샐비어 술이 화자의 눈 이랑을 이글이글 엎는 순간
그 고혹적인 윤곽이 분명하게 돋보인다. 화자가 느끼는
강렬한 감각을 대칭적 화자의 한 소유물처럼 살려낸 가작
이다.

좌판은 선량 노릇
맨땅에 신문 깔고

푸성귀 하나라도

옥인 양

끌어안고

저마다
삽질하듯이
빛날 삶을 일군다.

- 〈양동시장〉 전문

광주 재래시장의 대표는 양동시장이다. 시장 사람들의 토박이 삶이 세필화細筆畵처럼 묘사되어 있다. 서민들의 가난과 설움이 양동시장처럼 짙게 음영 지어진 곳도 없을 것이다. 할머니들이 '맨땅에 신문 깔고 푸성귀 하나라도 끌어안는' 모습에서 가난하지만 간절한 삶의 애정을 느낄 수 있다. 그들의 그을린 피부와 주름살에서 질곡에 엉킨 삶의 이력을 보는 것만 같다.

사실 시장은 모든 삶의 과정이자 거대한 욕망이다. 장사를 하는 사람들은 불투명하지만 미래 '빛날 삶을 일구기' 위하여 '푸성귀 하나라도 끌어안고' 지나치는 손님을 끌기 마련이다. 눈물겨운 삶, 땀 밴 외침, 먼지 낀 손수레를 끌거나 더덕더덕 기운 보자기를 펴 놓고 사람들을 부르는 모습에서 황혼녘의 투쟁 같은 생존을 본다. 툰드라 같은 먼지와 폭양처럼 이는 바람 속에서도 시장 사람들은 결코 지치는 법이 없다. 그래서 화자는 고난의 종착을 벗어나 '빛날 삶'이라는 미래형으로 이 현실을 딛고 긍정하는 비약을 시도하는지도 모른다.

작품마다 시인이 전하는 따뜻한 의지와 부드러운 손길이 하늘하늘 스친다. 마이다스 촉수처럼 시조를 피우기

위함인가.

　김옥중 시인의 시업詩業은 어언 30년이 넘는다. 그가 꾸준히 점철시켜온 사물시조의 멋과 단수의 맛은 날줄과 씨줄의 규칙으로 엮어 짜는 베짜기의 음율과도 같다. 찰각찰각 평생을 자으며 닦아온 솜씨가 아닌가.

　이번 시조집《세숫대야 물속 풍경》발간에 즈음하여 전통적인 형식과 방법으로 시조 쓰기에 정성을 다하는데 축수를 드리며, 독자의 마음 가까이 가서 애정의 눈, 연마의 손, 순수의 정이 한깃 한깃 자리하기를 희망한다. 그리고 새벽 청양수 앞 어머니의 비손처럼 파탄의 시조단에 조용한 치료자로 다가가기를 바란다.